Archaeology
of a Swan

SUNDIAL HOUSE

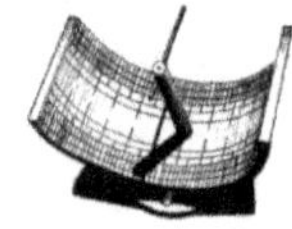

Archaeology of a Swan

Juliana Rozo

Translated by

Vivian Arimany

SUNDIAL HOUSE

SUNDIAL
HOUSE
New York ꞉ Philadelphia

smolbooks.com

Book and cover design: Lisa Hamm

Cover art: Sergio Román

Copyediting: Isabel Domínguez, Carlota Rangel,
Emily Oliveira, and Daniela Ordóñez Delgado

ISBN: 979-8-9903224-5-5

Contents

"To Swan"[1]

LINA MERUANE

The swan can be a verb.
On occasions, a detour.
—Juliana Rozo

SHE WISHED to write about a swan, but instead rendered a shower of feathers and diaphanous fragments that do not constitute a body but rather shatter it. Juliana Rozo warns us of this early on: searching for the bird detoured her toward searches, such as the ruins of a familial archaeology, a genealogical sketch; that is, of her grandmother who swanned, "wild," "surly," "white haired," and also a sketch of her grandfather, a bird who "on account of his flight" slipped by unseen.

---

1 There is no direct Spanish translation for swanning, so Meruane coined the word "cisnear," a term the translator incorporates in the English version of Juliana Rozo's text.

The term "cisneo" is found in a digitized archive for the *Diccionario de la Real Academia Española* dating back to the 1930s. Cisneo, which refers to anything akin to swans, is no longer in use. Aside from the historical document, the translator has not found any current records of the word's usage: https://www.rae.es/tdhle/císneo

She had the task of narrating an "other" animal, following John Berger's suggestive idea. In *Why Look at Animals*, the art critic (this visual writer's favorite author) declared that we need to portray animals precisely because they have been disappearing, or perhaps because we have disappeared them, or because we have distanced ourselves from them. Juliana submerged her poetic research in swans and other birds buried within her memory. In the process, she found her grandparents, who meaningfully flew over her childhood. She needed to evoke them because she was absent when they departed, having already flown far away herself. She needed to grieve for not having said goodbye to them, for not having heard the murmurs they exhaled in their last breath, which, in the case of the swan, is always a haunting song.

What is evoked here is not only the absence of grandparents, but also the era of violence they endured: a long period that trailed the (bloodied) feathers from the thousands of missing persons and two million displaced Colombians. This time of violence had its sinister "birds" armed to the beak, paramilitary birds of conservative ideology. This time also had its *sicarios*, who begot violence and for whom the phrase "birds fly" was coined, as they murdered furtively and fled as if "flying over water." Violence with a capital V detonated midcentury and launched decades of terrible human rights violations that, despite beginning to subside, require remembrance.

Juliana's writing swans around that deep historical wound, asking how to speak of all that was gradually disappearing. Perhaps that is why she slides sinuously, alternately, from national memory to familial impact, to the intimate connection with death (here the girl holding a dead bird as if her palms were "a momentary coffin"), as well as opening and flowing through the literary scene (here the time lost on Swann's paths, from the "almost inevitable" Marcel Proust) and through the dance scene of the inevitable *Swan Lake* that takes Juliana back to her uncertain steps as a child in the ballet. And through the pictorial reference (here the almost unknown work of Hilma af Klint, whose swans gradually took flight from realistic depiction), and through mythical and poetic connotations.

These pages offer a repertoire of swanlike meanings that Juliana, the adult, observes and carefully collects: these birds, the swan, but also the duck and the goose, refer to beauty and divination and mysticism, to Apollo and to the chariots of the divinities that are pulled by a white, or perhaps black, flock. They invoke the constellations, the Cygnus galaxy that bears her name, as it is "a gate to the great beyond." These birds settle over the author's body. They are tattooed and kissed. They become writing on her own skin. Because to "swan around" is exactly that. Juliana makes swan a verb, a metaphor, and a deviation, the same way that the deviation of her surname in its wrong spelling (Rozo, Rozzo, Rosso) becomes a polysemic, red, raw, and brutal touch, like this entire, beautiful, book.

Archaeology
of a Swan

Nature is also about figures, stories, and images. This nature, as trópos, is jerry-built with tropes; it makes me swerve. A tangle of materialized figurations, nature draws my attention. A child of my culture, I am nature-tropic: I turn to nature as a sun-loving plant turns to the sun. Historically, a trope is also a verse interpolated into a liturgical text to embellish or amplify its meaning. Nature has liturgical possibilities; its metaphoricity is inescapable, and that is its saving grace.

—Donna Haraway

Meanwhile, out of the heavens
A swan plummets to earth, transfixed.
—Caroline Polachek

You only have to let the soft animal of your body love what it loves.
—Mary Oliver

memory

wishing to talk about an animal, ruins appeared to me instead. Also feathers (and a harp).

heredity

as a swan's, my maternal grandmother's hair was white. She
was wild and surly when hesitant hands touched her. My
paternal grandfather was a bird with an unalluring way of
flying.

warm-up

the search came from the apparent intellectual laziness
to the memories that come forth in cadence: a rhythm, an
echo. Images vibrate amid neurons.

holding the feathers

mental insistence which reason reneges: begin with the anecdotes.

The first time I touched a bird I was seven years old. I found her beneath pine trees in my school's backyard. Along with some of my peers, I carried her in my hands to my older brother's classroom. It was a foggy morning, and I did not mind interrupting his class for help. The teacher opened the door, and upon seeing what I was carrying, she asked me to get rid of it and to wash my hands thoroughly. The animal was dead. I never knew whether I bore it through its passage or if my palms were briefly transformed into a casket.

one more cartography

the last tattoo I got prior to leaving Colombia was a swan.
It's on my left arm, the one with my writing hand.

1915

date attributed to a painting of two swans, a white one over a black background, and a black one over a white background, kissing each other. It was made by Swedish artist Hilma af Klint and, to my eye, the piece is about 95% symmetrical. It's titled *The Swan, No. 1, Group IX, Series SUW*. The white swan is on the top half and one of its spread wings graces the border. Toward the middle of the painting, we see part of its face and its feet, blue like the sky. That's where it meets the black swan. Right in the center; orange, white swan, pink, black swan. Their wings also grace each other, and the contour of their silhouettes seem to mirror one another.

This painting was the inspiration for my tattoo.

"*The Swan*, No. 1, Group IX, Series SUW" (1915), by Hilma af Klint (1862–1944).
Courtesy of the Hilma af Klint Foundation and the Moderna Museet
in Stockholm, Sweden.

1944

year when Piet Mondrian, Wassily Kandinsky, and Hilma af Klint died. Kandinsky claimed to have created *Composition V*, the first abstract painting, in 1911, which he considered to be "a historic painting." In 1907, however, Hilma af Klint had already started a series titled *Seven-Pointed Star*, which consisted of one of the following paintings:

"*The Seven-Pointed Star*, The SUW/Seven-Pointed Star Series, Group V, No. 2" (1908), by Hilma af Klint (1862–1944). Courtesy of the Hilma af Klint Foundation and the Moderna Museet in Stockholm, Sweden.

early constellation

most of her abstract paintings remained unknown until
1986. Some say that she created around 1,500 paintings and
that she left around 26,000 pages in notebooks and journals.
Among these, there's *The Swans*, a series of 24 oil paintings
where Af Klint explored the idea of the swan, visually and
symbolically. She depicted them in a more realist manner,
focusing primarily on the white (swan) and the black
(swan). Gradually, the shapes of these birds begin to mesh,
leaving aside the figure and instead exploring its geometric
possibilities and a wider variety of colors.

east

it's said that Helena Blavatsky was the first Western
person to convert to Buddhism. She was also the founder
of Theosophy, a spiritual movement to which Hilma af
Klint belonged. For Blavatsky, the swan symbolizes the
spirit's grandeur. In alchemy, the swan represents the union
between opposites, a requisite for the creation of what
the theosophists conceived as the philosopher's stone,
capable of transforming ordinary metals to gold. Opposites,
feminine and masculine, black and white, life and death.
Kandinsky and Mondrian were also influenced by this
movement.

materia prima

Af Klint attributed her artistic exploration of the abstract to an external spirit, not to her rational and conscious mind. Toward the end of the XIX century, she would meet four women regularly and they would channel and communicate with mystic beings. They called themselves "the five" and believed in the existence of invisible spirits and energies that tried to contact the living. A considerable part of Af Klint's paintings were done following instructions and messages borne out of these sessions. She began attending at 17 years-old, and her interest heightened following the death of her sister Hermina.

nearing past

a past passion was writing poems (of mine, not Hilma af Klint's). Here is a fragment of one:

My grandmother's sister
was named Mercedes.
She died of tuberculosis
At seventeen.

She never saw the ocean
nor television
she didn't live to exert
her future right to vote

What do women named
with the same word share?
When we name one,
do we name them all?

Mercedes
Mercedes
Mercedes

Who will heed the call
in the neighboring region?

1948

on April 9, 1948, Jorge Eliecer Gaitán, presidential hopeful
of the liberal political party, was murdered in Bogotá,
Colombia. The *Bogotazo*, as the incident came to be known,
launched popular uprisings across the country. It happened
between 1946 and 1966, the period of *La Violencia*, when
more than 190,000 Colombians died and around two million
people were territorially displaced.

"Untitled" (2024). Courtesy of Sergio Román

in black and white

my maternal grandmother, Inés, attended Catholic boarding school in Bogotá. She was born in 1931, and my paternal grandfather, Miguel Antonio, the following year. His Zodiac sign was Aries, hers was Libra. In astrology these two build a complementary axis. Aries: the self's basic element, fire. Libra: sign of bonds and relationships, air.

chiaroscuro

someone hums to my ear:

luz y oscuridad saben ser la misma cosa.
aves.
aves.
aves.

(*facing page*) "*The Swan*, No. 5, Group IX, Series SUW" (1915), by Hilma af Klint (1862–1944). Courtesy of the Hilma af Klint Foundation and the Moderna Museet in Stockholm, Sweden.

sun, song, move

Apollo, god of the sun, of poetry, of music, of the bow and arrow, of beauty, had a sacred bird (must we specify which one?). In antiquity, people believed that swans, having spent an entire life in silence, would let out a sublime song when close to death. The singing wasn't caused by the potential pain of death, but rather because swans presumably possessed divinatory qualities.

They could anticipate in *gozo*[2] and happiness what awaited when their soul left their body. Hence the expression "swan's song": A person's final action prior to dying.

In Celtic tradition, a pair of swans propelled the sun's carriage. These birds were responsible for transporting the dead to the afterlife. In Hinduism, swans were associated with Sarawasti, goddess of knowledge and the arts. Associated with beauty, Venus, the Roman goddess, had her carriage pushed by a swan.

-----

2 Popularized in English by the similar French expression jouissance, the Spanish word gozo has no direct translation. In psychoanalytic theory, Jacques Lacan famously incorporated the term jouissance in his writing. However, I turn to José Esteban Muñoz, who, following Lee Edelman, describes it "as shattering orgasmic ruptures often associated with gay male sexual abandon or self-styled risky behavior" (Cruising Utopia, 2009).

correspondence

another pair of swans in a nearer lake. Ruben Darío's swan is not solely heard when dying, but also when coming back to life. On the other hand, Delmira Agustini is the wandering swan that stains the lake and retakes its flight with a bloody trace.

One swan stands for death; the other, the wound's aftermath.

(linguistic parentheses a.k.a. boomerang)

Synonyms of swerve
intransitive verb

: to turn aside abruptly from a straight line or course
: DEVIATE

swan neck

finger deformity caused by rheumatoid arthritis. Weakens tissue due to hyperextension. Hands that excavate and deviate. Fingers submerged in the search for artifacts from the past.

false anatomy

to talk of a bird that spends time in water. To say nothing of either the bird nor the water nor its rapid way of flying nor the way it swims.

ergo, according to Berger

certain animals *are* disappearing. Today we live without
them.

doubt

oil on a swan's feather.

song

Record: Para los árboles³
Year: 2003
Artist: Luis Alberto Spinetta

This narrator hopes that, by now, the song's title shall be anticipated.

____

3 The title of this record would translate as "For The Trees."

film

Cóndores no entierran todos los días,[4] a 1984 motion picture directed by Francisco Norden.

---

4 The film's title was officially translated as *A Man of Principle*, but the literal translation would be *Condors Don't Burry The Dead Every Day*.

book (or primary source)

Swann's Way by the almost inevitable Marcel Proust.

juvenilia (or first writings)

it was not Venus's float; it was Swann's carriage:

He asked for dinner at 7:30 when he dined out; he thought of Odette to not feel lonely as he got dressed, because thinking of **Odette** constantly, in the moments when she was gone, **shined** with the same enchanting light of their instances together. He entered the coach, but felt as if that thought climbed the carriage at the same time as him, it sat on his knees **like a treasured animal we take everywhere** and which would remain with him at the dinner table, without anyone else's knowledge. And **that little animal caressed him, gave him warmth**; and Swann felt a sort of languid neglect, and he surrendered to a slight shudder that fluttered his neck and nose, a new experience for him, as he put on the buttonhole of blue flower bouquet. He was feeling melancholy and poorly for some time now, particularly since Odette introduced Forcheville at the Verdurin's, and if it was up to him, he would have escaped to the countryside to rest. But he had no courage to leave for Paris, not even for a day, as long as Odette was there. (Proust *Swann's Way*)

regarding the surname of *Swann's Way's* protagonist—
a.k.a. second linguistic parentheses

verb (1) cisneado; cisnear[5]
intransitive verb
: to wander aimlessly or idly.

verb (2) cisneado; cisnear
intransitive verb

dialect
: DECLARE, SWEAR

or

to travel, usually part of the phrase "andar cisneando."[6]

––––––––––––––––––

5 There is no direct Spanish translation for the English verb "to swan." This translator has come up with a verb alternative, based on the Spanish word swan: "cisne." Adding the suffix "ar" signifies the conversion of the noun into a verb.

6 To swan around.

zoo or reliquary

a dark spot comes off my swan tattoo. It's a scar that
starts very close to the yellow beak (on my body, it is
only outlined. In the painting, it's orange and completely
colored). It is an almost straight line, which looks like
the animal is spitting something. It relents and veers
down, reaching another tattoo: a fox. That scar was once a
wound made by my black cat's claw, in the middle of some
clumsiness—mine, to demand affection and his, to show it
while trying to avoid the way I used to grab him.

Neptuno, my black cat, died three days ago. He did not
reach four years on this earth. The clumsy violence that
remains on the skin becomes a relic to which I unwittingly
cling.

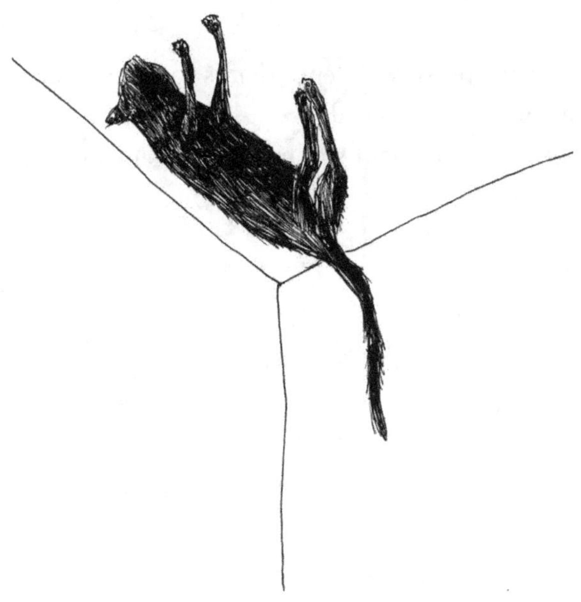

"Untitled" (2024). Courtesy of Sergio Román

invisible

how does one portray violence that is soft on the outside
yet piercing from the inside?
how does one talk about wounds that don't leave behind a
trace or a scar?

water on its wings

beauty is fragile, as skin in the presence of a spike. I crashed into that fragility; crashed into dead animals, into the remaining silence that stays around when digging a hollow past. The first object that Neptuno broke was a Japanese teacup. It was white and tiny, with dark blue flowers. The day my cat died I drank sake and viche in similar cups next to someone whose muteness I built a story around. *Refleja el cisne así el agua en sus alas,*[7] sings Luis Alberto Spinetta. Water leaves my eyes because of Neptuno's death—how apropos his name is now—like the wings of that feathered animal. The cup that Neptuno tossed broke, and with those pieces of porcelain I restored another object that holds onto the remaining silence.

---

7 "And like that, the swan reflects water on its wings"

cutting ties

my mother was fourteen years old when my grandmother
began vomiting blood. The diagnosis from the hospital was
that seven stomach ulcers had burst. An ulcer forms when
cells become inflamed, die, and then are shed by the body.

The doctor would tell my family that the only way they
could stop the flow of blood from my grandmother's mouth
was to cut the vagus nerves. The procedure performed is
called a super selective vagotomy.

nervous (was the) system

from the brain to the digestive system: such is the path
that the vagus nerve follows. It controls the way food
travels through the body. It also influences the regulation of
hormones such as oxytocin, serotonin, endorphins. It is the
longest nerve and carries information in both directions:
what happens in the stomach, the anus or the lungs goes
through this nerve to the brain, and this can transmit
information to various parts of the body, such as the liver,
kidneys, and heart.

mirror or feather

my grandmother's youthful curls made her resemble Shirley
Temple. Her favorite songs were *Mira que eres linda*[8] by
Antonio Machín and *Solamente una vez*[9] by Agustín Lara.
She received diverse compliments frequently. People
around her would remark on the shape of her legs; her
grandiose generosity; her brilliant and gentle demeanor;
her contributions as a volunteer to the San Pedro Claver
hospital, and her cooking skills or her gifts as a gracious
hostess at social events. I remember her as the one
quietly humming as she moved around the house placing
everything in their place. As the one who would look at me
and say: *"llegó la reina mora, que cuando canta, llora."*[10]

No one ever wondered what thoughts her brain
inadvertently sent to her stomach to cause the gastric
explosion that followed.

---

8 "Look, you are so pretty"

9 "Only once"

10 the Moorish queen has arrived, the one who cries when she sings.

little hand, be well again

the body archives memories, wounds, forgetfulness,
and silence. Sensations and images are stored. The scars
and marks that appear over time pave the way and
simultaneously leave a trace.

empty space

beauty is also a dagger to the heart: sometimes the damage or fracture is pleasurable. The swan can be a verb. On occasions, a detour. Also, a metaphor.

childhood

when I was five years old, my grandmother Inés, *Inesita*,[11]
took me to ballet classes at a dance academy that was a
few blocks from her house. On the mornings of school
vacations, I would sneak into her bed and ask her to tell me
the story of her life. As if there were only one version, one
official story. In the afternoons I would walk along with her
on errands, and we would return carrying bags filled with
mogollas and apple pie.

Her story, now blurred, reverberates the same way I did in
the mirrored living room, learning to turn, learning the first
position, the *demiplié* and the importance of looking at a
fixed point when turning so as not to fall.

---

11 The suffix "ita" in Spanish signifies the diminutive of a name or thing. It
is often an expression of endearment.

afterword

slacker: indolent, inept, worthless girl.

slacker: how my grandmother would regularly refer to my mother.

speleology

through the caves to the depths of memory. I look to the
past to witness how it mutates. I become depository of
stories' remains, silences that do not belong to me.

I hold onto the memories as if they were stones: I dust
them off and caress them so they take on another life.

wednesday

what is the difference between swans and their relatives?
Such as geese and ducks.

Swans: species of the Anatidae family. They have longer
necks, like their wings, which are much more prominent.
Their legs are black. The only ones I can see, (at least this
evening), are those of ducks in a pond. Orange legs, aquatic
birds in the last throes of winter.

The way ducks swim: A vertical, sharp movement through
the water towards the bottom. That sequential push, which
I pause to take in, simulates an elastic texture on their legs.
No wonder there are rubber ducks, I think. Continuing
my observation, their swimming generates two leaks of
irregular trails that begin in their tails as a trace of their
surreptitious agitation. An equilateral triangle. If the ducks
are heading towards you, lucky you, as the tissue getting
lost in the brown lake looks like a Renaissance perspective.
I absorb black beaks, yellow beaks. I look at the variety of
textures in their bodies. Malleable legs, the sinuosity of the
feathers that come off without apparent pain. The hardness
of the beaks. Feathers like tectonic plates, covering the core

of organs and flesh that function automatically while they slide through the water.

Two ducks begin to splash around, sinking the upper carriage of their bodies. Could they be looking for food? Or might they be delirious and fancy themselves as ostriches? When in history did people start to find them funny? (Examples: Donald Duck and his many variations, the drunken goose from *The Aristocats*.)

They fly, they swim, they walk. The membranes and claws on their feet allow them to move easily on land, water, and wind. I remember the dance classes and the exercises proposed; we could only occupy one of the three spatial levels. The first is close to the floor, like quadrupeds, caressing the cement with our bodies. The second fraction is the middle part, which would be hunching over to walk, emphasizing that there can be no movement above the waist; and the last part is the high spatial level that involves turning around, in *relevé* or on tiptoe, and above all, dancing between jumps. Aiming to fly.

Carnival, dance, ritual, animality. Putting on a costume does not mean having masks spread over your body.

her lake

structured in four acts, inspired by a German tale called
The Stolen Veil and a Russian folk tale called *The White Duck*,
Tchaikovsky, in this ballet Op. 20, *Swan Lake*, tells of the
evil wizard Rothbart, who turns Princess Odette into a
swan. She can only regain her human form at night, when
she meets Prince Siegfried. Before continuing the story, or
better yet, thinking about whether it is worth continuing, I
want to emphasize the concepts' variation and appearance.
Stories that resemble each other but vary, people who
pretend to be others. Odile, Rothbart's daughter, disguised
as Odette, to conquer Siegfried's kingdom.

I wonder if Proust somehow attempted to create his own
choreography of this story.

my lake

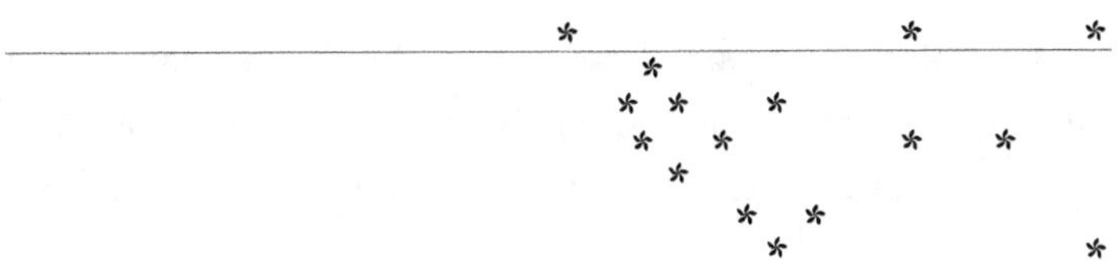

(as such were ducks seen in my lake.)

constellation

the first black hole was discovered in the Cygnus galaxy, the gateway to the afterlife. When Orpheus died, they turned him into a swan in the stars and placed his lyre next to him.

newscast

it is July 12th in the afternoon, and I see the following news
on my grandmother's TV set: "A family of swans stopped
traffic." I record a video from the LED screen where two
adult swans can be seen walking in a line, with six small
swans behind them, following their path. They walk along
the crosswalk on the street, the cars await.

That was the second to last time I visited my grandmother.
I am not sure when was the last time she consciously saw
me. Between the hydromorphone that eased her pain and
the hustle and bustle that once were part of her daily
routine—namely: eating, walking from bed to the bathroom,
urinating—the cancer that invaded her rectum kept her
from life itself. I write this and, as in a spiritualist session,
the smell of her house comes to me, her smell. A mixture of
talcum powder, elegance, and some diluted Chanel perfume
in a humid closet.

unearthing

black holes flash both in the sky and among family stories.

ugly duckling

my father rarely talks about his nuclear family. "Not even
to get a head start," he often says, referring to looking
back toward the past. When I would visit my paternal
grandparents, my grandfather would pull me aside and try,
each time with greater difficulty in his speech and with a
stutter that made it difficult for me to follow his thread, to
tell me where he came from and the history of his surname.
The loss of his language and his narrative time jumps were
sponsored by the senile dementia that affected his mind.

With his words I put together the facts: He was named after
a vice president and lost his father to the Thousand Day
War. He was raised by his half-brother, who died at twenty-
one. He would constantly talk to me about his first job,
using terms like security escort or special agent. They gave
him a gun, yes. He claimed he never killed anyone. "He's
a bird," my brother said, opening his eyes emphatically.
I listened to him as I looked at the roof and the family
photos taped to the mirror, searching images from the past
to locate the source of the damage.

black swan

i mistook my grandfather for someone else. His unsteady hands could also be wild and surly. He would even beat up my father when he was asked to buy eggs and brought them back cracked.

mourning

animals have, in fact, in this context, been disappearing.

paratext

i write a text in dialogue with the passing of (lost) time,
people whose bodies have vanished, and symbols whose
meaning is altered.

The Violence

1962 painting by Colombian artist Alejandro Obregón, where he manages to evoke nature as a female body. We see a silhouette that could be a sinuous mountain, but it is the corpse of a woman, apparently pregnant. It alludes to the violence in Colombia.

During La Violencia, the illegal armed group "Pájaros" emerged, with affinities to the conservative party and the Catholic Church. Its mission was to annul any action that defied the ideology of the conservative government, presided at the time by Laureano Gómez. The Pájaros mainly operated in the regions of Valle del Cauca and the Eje Cafetero.

may it rain coffee

with his job as a special agent, my grandfather was transferred from Bogotá to Manizales, capital of the Caldas department, which happens to be a part of the Eje Cafetero, the coffee making axis. There, in Manizales, he would meet Natalia, my paternal grandmother. They would come to marry and return to Bogotá to start a family.

semiotic annex?

etymology
The term "birds fly" would be given to *sicarios* due to their furtive behavior, when they killed and then rapidly ran away or "flew over water."

pivot

whenever my grandfather tried to give a speech during
family reunions, he would cry.

In the seventies, Miguel, who worked in a construction
company, would quit his job and devote himself to the
community called El Camino, preaching God's calling in
different parts of the country, such as Tunja and Neiva. In
many of the diplomas from a house that will soon vanish,
I saw my family's surnames written as "Rozzo" or "Rosso."
He never got around to legalizing this change, perhaps
because he did not decide what form he preferred to give to
his name.

My father had some school diplomas with his surname
written in some of those variations. On his ID, however, it
says: R-o-z-o. His name is the same as the artist who in 2003
would title his musical album "Para los árboles" (To the
trees) and which would have a song with the name of a bird
in it, of that bird that was my grandfather. As in "El patito
feo" (The Ugly Duckling), they mistook a goose for a swan.

This the first part of his resignation letter:

Bogotá, C.D., June 18, 1987

Mister
FERNANDO RESTREPO F.
General Manager of Gecolsa
E.   S.   O.

Dear Sir :

With all due respect and through the present
letter, I hereby convey my irrevocable decision
to resign from the company that fortunately
remains under your leadership.

The effective date for my resignation is July
23rd, 1987, the date in which the vacation period
that I am about to enjoy comes to an end.

In the personal letter attached, I explain the
reasons for this resignation.

With all due respect to Mr. Restrepo,

[signed]
MIGUEL A. ROZZO C.
Employee number 7627

Cc: Dr. A Moncaleano-Of.
       E. Orjuela- Of.

Annex: The aforementioned

Bogotá, D.E., Junio 18 de 1987

Señor Don

FERNANDO RESTREPO

Gerente General

E.   S.   O.

Apreciado Señor :

Con todo respeto y por medio de la presente, comunico a usted mi decisión irrevocable de retirarme de la empresa en buena hora puesta bajo su dirección.

La fecha de efectividad de esta renuncia es la del 23 de Julio de 1987, fecha en que se vence el periodo de vacaciones que salgo a disfrutar desde el 23 del mes en curso.

En carta personal adjunta expongo los motivos de esta renuncia.

Del señor Restrepo con todo respeto.

MIGUEL A. ROZZO C.

Empleado No. 7267

cc. Dr. A.Moncaleano-Of.

    E.Orjuela- Of.

Anexo: Lo anunciado

false genealogy

my last name spelled with a double "s" means red in Italian.
my last name spelled with a double "z" means raw or brute
in Italian.

from these detours—las maneras en que él cisneó, we could
say—my grandfather's interest in rewriting draws my
attention; not only rewriting his last name, but his identity.
Atonement of sins or Eucharistic anamnesis.

near the solstice

Here is the second part, as I transcribed it:

Bogotá, June 18, 1987

Don Fernando:

Choosing to resign from an institution to which one has belonged for twenty-four years, and where one has had a career marked by steady progress, ultimately reaching the National Purchasing Management position and enjoying the stability and comfort that this milestone entails, is neither easy nor humanly explainable.

It is necessary that in the life of the protagonist, for an event to have occurred to lead him to act accordingly; evidently this event has occurred in my life and consists of knowing that God, the Father of Jesus Christ, loves me in my condition as a married man, a father, a worker, etc. That is to say, in the reality of an ordinary man. This news, which I received sixteen years ago, has been transforming my life, giving it new meaning and most wonderfully, it happened without changing my reality; my family as well as my social and work environments remain the same, yet nonetheless experienced in a different dimension.

To know and experience this reality while simultaneously aware of the chaos, wars, hatred, violence, and injustices that shock the world, victimizing mankind, must call for a response; it is not right to keep from humanity the fact that there is a possibility, a way out, that there is hope, because, in Jesus Christ, it is possible to live by the words that He pronounced as a promise. "Love your enemies, bless those who persecute you, pray for those who harm you. . ."

I believe that bearing witness to this is more than enough reason to give up what Gecolsa offers me and go spread this message of peace and hope, knowing that "to give up all the goods of my house for the love of God would be to disregard Him."

Don Fernando:

Tomar la decisión de retirarse de una institución a la cual se ha estado vinculado por espacio de veinticuatro años, y en la que se ha tenido una trayectoria de progreso hasta llegar a la gerencia Nacional de Compras y estar disfrutando de la estabilidad y comodidad que esto comporta, no es fácil ni humanamente explicable.

Es preciso que en la vida del protagonista de este evento, se haya dado un acontecimiento que lo lleve a proceder así; evidente- -mente este acontecimiento se ha dado en mi vida y consiste en saber que Dios, El padre de Jesucristo, me ama en mi realidad de hombre casado, padre de familia, trabajador, etc. es decir en la realidad de un hombre común y corriente. Esta noticia que recibí hace diez y seis años, ha ido transformando mi vida dando un sentido nuevo y lo más maravilloso, sin cambiar mi realidad, el ámbito familiar social y de trabajo sigue siendo el mismo solo que se viven en una dimensión diferente.

Conocer, experimentar esta realidad y simultáneamente conocer y saber de la realidad de caos, guerras, odios, violencias, injusticias que conmocionan al mundo, victimando al hombre, debe generar una respuesta; no hay derecho para ocultarle a la humanidad que existe una posibilidad, una salida, que hay esperanza.

Porque en Jesucristo, es posible
vivir de estas palabras que ÉL
pronunció como una promesa.

"Amad a vuestro enemigos, bendecir
a los que os persiguen, rogad por los
que os hacen mal..."

Considero que ser testigo de esto
es motivo de más que suficiente para
renunciar a lo que me brinda
Geedra e ir a llevar este
mensaje de Paz y de esperanza,
sabiendo que "dar todos los
bienes de mi casa por el amor
de Dios sería despreciarlo."

oracles and calculations

in the raw and red swan's way.

in the way, the raw and red swan.

in the swan's raw and red way.

pas de deux, third act

toughest scene in swans' lake. Also, the climax of the story. Twenty-four consecutive turns, non-stop. The toughest part tends to be our anticipation of the finale.

mortal suns

Miguel died of a respiratory arrest two days after my birthday. Inés died minutes prior to my brother's birthday. In fact, in the city where I now live, she died on his birthday. I was not present for either death. Nor for Neptuno's death. Distance from a loved one makes their presence more tangible, their shadow absent.

recollection

(i had white and black swans; black and white. They almost
mirrored each other; lost their original shape until diluting
in echo.)

a choreography

there will be singing

                        coming from *goce* and mourning

there will be someone dragging the float.

container of the beautiful and the surly

                        scratch and wound.

      walking polarity.

there will be singing

by whom thrusts writing,
              movement, *goce*

                    and twists their neck.

final act

i will never know how Inés and Miguel sung.

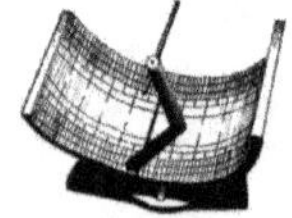

JULIANA ROZO SÁNCHEZ was born in Bogotá, Colombia and studied Art History at the University of Los Andes. She has worked in various fields, including film, education, and the visual arts. Juliana currently lives in New York.

VIVIAN ARIMANY is a Ph.D. student at Columbia University. Originally from Guatemala, Vivian is researching written and performative practices by women in Latin America and the Caribbean, with a focus on cultural production that portrays femicide. Her research questions the ethics of how gender-based violence is consumed by cultures outside of Latin America and how the experiences of feminine subjects are translated diasporically. Vivian is also a published translator and poet.

LINA MERUANE is Distinguished Writer in Residence for the MFA in Creative Writing in Spanish at New York University. Her oeuvre, of more than twenty works, includes two short-story collections, five novels, and various essays on feminism, sickness, and disability, as well as about the Palestine question.

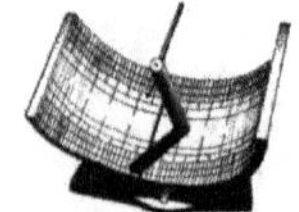

Arqueología
de un cisne

SUNDIAL HOUSE

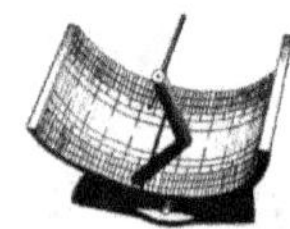

Arqueología de un cisne

Juliana Rozo

SUNDIAL HOUSE

smolbooks.com

Contenido

"Cisnear"

LINA MERUANE

> El cisne puede ser un verbo.
> En ocasiones, desvío
> —Juliana Rozo

QUISO ESCRIBIR el cisne pero lo que apareció fue un regadero de plumas y diáfanos fragmentos que no constituyen un cuerpo sino que lo estallan. Juliana Rozo nos lo advierte al inicio de su texto: buscar ese pájaro la desvió hacia a otras búsquedas, la de ruinas en la arqueología familiar, la del esbozo genealógico, es decir, la de su abuela *cisnera*, «salvaje», «arisca», «de pelo blanco», la de su abuelo, esa ave que, «por su vuelo», no se hacía notar.

La consigna fue la de narrar a un «otro» animal siguiendo la sugerente idea de John Berger: en *Por qué miramos a los animales*, el crítico de arte (autor de cabecera de esta autora visualista), declaraba que hoy necesitamos representar a los animales *precisamente* porque han ido desapareciendo, o porque los hemos desaparecido, o porque nos hemos apartado de ellos. Juliana sumergió su investigación poética en los cisnes y en otros pájaros sepultados en su memoria, y se encontró con esos abuelos que sobrevolaron significativamente su infancia. Necesitó evocarlos porque no asistió a su defunción: ella ya había volado lejos. Necesitó hacer el duelo por no haberlos despedido, por no haber oído qué rumores exhalaron en el último suspiro que, en el cisne, es siempre un canto conmovedor.

Lo que aquí se evoca no es solo la desaparición de los abuelos sino, asimismo, la época de violencia en que vivieron: una época larga que dejó un reguero de plumas (ensangrentadas) de miles de colombianos desaparecidos y dos millones de desplazados. Esa violencia tendría sus «pájaros» siniestros armados hasta el pico, pájaros de corte paramilitar, de afinidad conservadora, y tendría también a los sicarios que siguieron la ruta violentista y de quienes se decía «pájaros vuelan» porque furtivamente asesinaban y porque huían «volando en agua». La Violencia, con mayúscula, detonada a mediados de siglo, instalaría décadas de terribles violaciones de derechos que, aunque empiezan a amainar, exigen de una rememoración.

La escritura de Juliana *cisnea* esa profunda herida histórica, preguntándose cómo hablar de todo aquello que fue haciéndose desaparecer. Acaso por eso se deslice sinuosamente, alternadamente, de la memoria nacional a su impacto familiar, a la íntima conexión con la muerte (ahí la niña sosteniendo un pájaro muerto como si sus palmas fueran «un momentáneo ataúd»), y asimismo se abra y fluya por la escena literaria (ahí el tiempo perdido por los caminos de Swann del «casi inevitable» Marcel Proust) y por la escena del baile del inevitable *Lago de los cisnes* que remite a Juliana a sus pasos inseguros de niña en el ballet. Y por la referencia pictórica (ahí la obra casi desconocida de Hilma af Klint, cuyos cisnes fueron alejándose de la representación realista), y por las connotaciones míticas y poéticas.

Hay entre estas páginas todo un repertorio de sentidos cisneros que Juliana, la adulta, observa y cuidadosamente recoge: estos pájaros, que son el cisne pero también el pato y el ganso, remiten a la belleza y a la adivinación y a la mística, al dios Apolo y a las carrozas de las divinidades tiradas por una bandada blanca o tal vez negra. Y remiten a las constelaciones, a la galaxia Cygnus que lleva su nombre porque es «puerta al más allá». Estos pájaros se depositan sobre el cuerpo de la autora, se tatúan, se besan, se vuelven escritura sobre su propia piel. Porque eso es cisnear, es hacer del cisne verbo, metáfora y desvío, del mismo modo en que el desvío del apellido en su errada ortografía (Rozo, Rozzo, Rosso) se vuelve roce polisémico, rojo, crudo y brutal como todo este precioso libro.

Arqueología
de un cisne

Nature is also about figures, stories, and images. This nature, as trópos, is jerry-built with tropes; it makes me swerve. A tangle of materialized figurations, nature draws my attention. A child of my culture, I am nature-tropic: I turn to nature as a sun-loving plant turns to the sun. Historically, a trope is also a verse interpolated into a liturgical text to embellish or amplify its meaning. Nature has liturgical possibilities; its metaphoricity is inescapable, and that is its saving grace.

—Donna Haraway

Meanwhile, out of the heavens
A swan plummets to earth, transfixed.
—Caroline Polachek

Solo hay que dejar que el animal suave del cuerpo
ame aquello que ama.
—Mary Oliver

memoria

quise hablar de un animal y aparecieron ruinas. También plumas (y un harpa).

herencia

mi abuela materna tenía el pelo blanco como un cisne. Era salvaje y arisca cuando manos inseguras la tocaban. Mi abuelo paterno era un pájaro que no llamaba la atención por su vuelo.

calentamiento

la investigación se dio desde la aparente pereza intelectual
hasta los recuerdos que se asoman en cadencias: un ritmo,
un eco. Vibran las imágenes entre las neuronas.

sostener las plumas

insistencia mental a la que la razón le reniega: empezar por las anécdotas.

La primera vez que toqué un ave tenía siete años. La encontré debajo de unos pinos en el patio trasero de mi colegio. Con mis manos la llevé al salón de mi hermano mayor, algunos compañeros me acompañaban. Era una mañana de niebla y no me incomodó interrumpir su clase para pedir ayuda. La profesora abrió la puerta y al ver lo que cargaba, me pidió que la botara y que me lavara las manos muchas veces. El animal estaba muerto. Nunca supe si la sostuve en ese tránsito o si mis palmas fueron momentáneamente un ataúd.

otra cartografía más

el último tatuaje que me hice antes de irme de Colombia fue
un cisne. Está en la parte exterior de mi brazo izquierdo, el
que uso para escribir.

1915

fecha de una pintura que encuentra a dos cisnes, uno blanco en fondo negro y uno negro en fondo blanco, besándose. Hecha por la artista sueca Hilma af Klint, esta obra podría ser, en un 95% —cifras calculadas por mi ojo—, simétrica. El título completo en inglés es *The Swan, No. 1, Group IX, Series SUW*. En la parte superior se encuentra el cisne blanco. Una de sus alas abiertas se roza con el borde de la pintura. Hacia la mitad de la pintura vemos una parte de su cara y sus patas color azul cielo. El encuentro con el cisne negro se da en ese punto. Justo en el centro; naranja, cisne blanco, rosa, cisne negro. Se tocan también con su ala y el contorno de sus formas parece reflejarse entre sí.

Esta pintura fue la inspiración para mi tatuaje.

"*The Swan*, Serie SUW, Número 1, Grupo IX" (1915) de Hilma af Klint (1862-1944). Cortesía de la Fundación Hilma af Klint y del Moderna Museet en Estocolmo, Suecia.

1944

año en que mueren Piet Mondrian, Wassily Kandinsky y Hilma af Klint. Kandinsky afirmaba que hizo la primera obra de arte abstracta, *Composition V,* en 1911. La consideraba «una pintura histórica». Sin embargo, en 1907, Hilma af Klint realizaba ya una serie llamada *Seven-Pointed Star,* una de las pinturas de esa serie es la siguiente:

"*The Seven-Pointed Star,* Serie SUW/Seven-Pointed Star, Grupo V, Número 2" (1908) de Hilma af Klint (1862-1944). Cortesía de la Fundación Hilma af Klint y del Moderna Museet en Estocolmo, Suecia.

constelación temprana

la mayoría de sus obras abstractas permanecieron
desconocidas hasta 1986. Se dice que hizo alrededor de
1,500 pinturas y dejó libretas y diarios que contienen
26,000 páginas, aproximadamente. Dentro de esas, está la
serie *los cisnes*: 24 óleos donde Af Klint exploró plástica y
simbólicamente al cisne. Los pintaba de una manera más
realista, usando principalmente el (cisne) blanco y el (cisne)
negro. Gradualmente, las formas de estas aves empiezan
a fundirse, dejando de lado la figuración y explorando las
posibilidades geométricas y una mayor variedad de colores.

oriente

se dice que Helena Blavatsky fue la primera persona
de occidente que se convirtió al budismo. Fue, también,
fundadora del teosofismo, movimiento espiritual del
cual Hilma af Klint hacía parte. El cisne, para Blavatsky,
simbolizaba la grandeza del espíritu. Para la alquimia,
el cisne representaba la unión opuesta necesaria para
la creación de lo que los teosofistas concebían como la
piedra filosofal, capaz de transformar metales comunes
en oro. Opuestos, femenino y masculino, blanco y negro,
vida y muerte. Kandinsky y Mondrian también fueron
influenciados por este movimiento.

materia prima

Af Klint le atribuyó su exploración artística hacia lo abstracto a un espíritu externo, no a su mente racional y consciente. A finales del siglo XIX, se reunía asiduamente con otras cuatro mujeres donde canalizaban y se comunicaban con seres místicos. Ellas se autodenominaban «las cinco» y creían en la existencia de energías y espíritus invisibles que se comunicaban con los seres vivos. Para Af Klint gran parte de sus pinturas fueron hechas con instrucciones y mensajes que salían de estas sesiones. Empezó a los 17 años y, con la muerte de su hermana Hermina, su interés en estas prácticas aumentó.

pasado cercano

antes escribía poemas (yo, no Hilma af Klint). Este es un
fragmento de uno:

La hermana de mi abuela
se llamaba Mercedes.
Murió de tuberculosis
a los diecisiete.

No conoció el mar
tampoco la televisión
no alcanzó a estar viva para ejercer
su futuro derecho a votar

¿Qué comparten las personas
nombradas con la misma palabra?
¿al nombrar a una, nombramos a todas?

Mercedes
Mercedes
Mercedes

¿Quién responderá al llamado
en el barrio de al lado?

1948

en Colombia, el nueve de abril de 1948 asesinan al político del ala del partido liberal Jorge Eliecer Gaitán, en Bogotá, quien aspiraba a la presidencia del país. El Bogotazo: así se llamaría el acontecimiento que desencadenó levantamientos populares a lo largo del país y se enmarcó en el periodo entre 1946 y 1966 conocido como La Violencia, donde más de 190,000 colombianos murieron y alrededor de dos millones de personas fueron desplazadas de sus tierras.

"Sin título" (2024); cortesía de Sergio Román

en blanco y negro

Mi abuela materna, Inés, vivía en un internado religioso en
la capital del país. Ella nació en 1931 y mi abuelo paterno,
Miguel Antonio un año después. Él era del signo aries y ella
del signo libra. En la astrología estos dos forman un axis
complementario. Aries: el principio básico del yo, el fuego.
Libra: el signo de los vínculos y las relaciones, el aire.

claroscuro

alguien me canta al oído:

luz y oscuridad saben ser la misma cosa.
aves.
aves.
aves.

(*página contigua*) "*The Swan*, Serie SUW, Número 5, Grupo IX" (1915)
de Hilma af Klint (1862-1944). Cortesía de la Fundación Hilma af Klint
y del Moderna Museet en Estocolmo, Suecia.

sol, canto, movimiento

Apolo, dios del sol, de la poesía, de la música, del arco y la flecha, de la belleza, tenía un ave consagrada (¿es necesario puntualizar cuál era?). En la antigüedad creían que el cisne, que pasaba toda su vida en silencio, emitía una canción sublime cuando estaba cercano a su muerte. El canto no venía por el dolor que pudiera ocasionar su muerte sino porque este animal tenía presuntamente cualidades adivinatorias.

Podía anticipar con gozo y alegría lo que le esperaba cuando su alma se despegara de su cuerpo. De ahí la expresión «canto de cisne»: El último acto o gesto que realiza una persona antes de morir.

En la tradición celta una pareja de cisnes impulsaba el carro del sol. Estas aves eran las encargadas de transportar a los muertos al más allá. En el hinduismo el cisne era asociado a Sarawasti, diosa del conocimiento y las artes. Siendo asociados a la belleza, encontramos a Venus, diosa romana. Su carroza empujada por esta ave.

correspondencia

otra pareja de cisnes en un lago más cercano. El cisne de
Rubén Darío se oye no solo para morir, también para revivir.
Delmira Agustini por contraparte es el cisne errante de
rastros sangrientos, mancha el lago y remonta el vuelo

Un cisne habla de la muerte, otro muestra las secuelas de la
herida.

(paréntesis lingüístico o boomerang)

Synonyms of swerve
intransitive verb

: to turn aside abruptly from a straight line or course
: DEVIATE

cuello de cisne

enfermedad de los dedos de la mano causada por la
artritis reumatoide. Debilita los tejidos debido a una
hiperextensión. Manos que excavan y que se desvían. Dedos
que se sumergen en la búsqueda de artefactos del pasado.

falsa anatomía

hablar de un pájaro que pasa tiempo en el agua. Sin
mencionar ni al pájaro ni al agua ni su veloz condición de
vuelo ni la forma en que nada.

ergo, según Berger

los animales van desapareciendo. Hoy vivimos sin ellos.

duda

la grasa de las plumas del cisne.

canción

Álbum: *Para los árboles*.
Año: 2003
Artista: Luis Alberto Spinetta

La voz que narra espera que, para este momento, el título de
la canción pueda ser anticipado.

película

Cóndores no entierran todos los días, dirigida por Francisco Norden en el 1984.

libro (o fuente primaria)

Por el camino del casi inevitable Marcel Proust.

primeras escrituras

No era la carroza de Venus, era el carruaje de Swann:

El día que cenaba fuera mandaba enganchar para las siete y media; se vestía pensando en Odette, y así no estaba solo, porque el pensar constantemente en **Odette alumbraba** los momentos en que ella estaba lejos con la misma encantadora luz de los instantes que pasaban juntos. Subía al coche, pero sentía que aquel pensamiento saltaba al carruaje al mismo tiempo que él, se le ponía en las rodillas **como un animal favorito que llevamos a todas partes** y que seguiría con él en la mesa, sin que lo supieran los invitados. Y **aquel animalito le acariciaba, le daba calor**; y Swann sentía una especie de lánguida dejadez, y se rendía a un leve estremecimiento que le crispaba el cuello y la nariz, cosa nueva en él, mientras iba poniéndose en el ojal el ramito de ancolias. Sentíase melancólico y malucho hacía algún tiempo, sobre todo desde que Odette presentó a Forcheville en casa de los Verdurin, y por su gusto se habría ido al campo a descansar. Pero no tenía valor para marcharse de París, ni siquiera por un día, mientras que Odette estuviera allí. (Proust, *Swann's Way*[1])

---

1 Proust, Marcel. *Por la parte de Swann. En busca del tiempo perdido, I*. Traducción de Carlos Manzano. RBA Libros, 2013: Barcelona.

a propósito del apellido del protagonista del
mencionado libro—o, segundo paréntesis
lingüístico—.

verb (1) swanned; swanning
intransitive verb
: to wander aimlessly or idly.

verb (2) swanned; swanning
intransitive verb

dialect
: DECLARE, SWEAR

or

to travel, usually part of the phrase «swan around».

zoológico o relicario

de mi tatuaje del cisne se desprende una mancha oscura.
Es una cicatriz que empieza muy cerca del pico amarillo
(en mi cuerpo, solo delineado. En la pintura, más naranja y
pintado por completo). Es una línea casi recta, que pareciera
como si el animal estuviera escupiendo algo. Sucumbe y
baja llegando a otro tatuaje: un zorro. Esa cicatriz fue antes
una herida hecha por la uña de mi gato negro, en medio de
algún acto de torpeza —mía, de reclamar su amor y de él, de
demostrarlo mientras intentaba rehuir de la forma en como
solía agarrarlo—.

Neptuno, mi gato negro, murió hace tres días. Él no alcanzó
a completar sus cuatro años en la tierra. La violencia torpe
que se queda en la piel se transforma en reliquia a la que sin
querer me aferro.

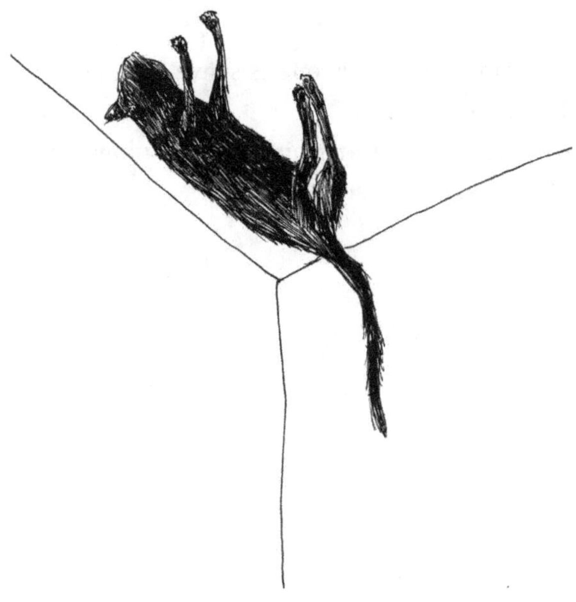

"Sin título" (2024); cortesía de Serqio Román

invisible

¿cómo retratar la violencia que es suave por fuera y
punzante por dentro?
¿cómo hablar de las heridas que no dejan ningún rastro o
cicatriz?

el agua en sus alas

la belleza es frágil como la piel ante la presencia de una púa.
Yo me estrellé con esa fragilidad, con animales muertos, con
el silencio remanente que queda en el ambiente al excavar
en un pasado hueco. El primer objeto que Neptuno rompió
fue una taza de té japonesa, blanca con flores azules oscuras,
minúscula. El día que mi gato murió tomé sake y viche en
unas tazas similares al lado de alguien con el que construí
una historia a partir de su mudez. Refleja el cisne así el agua
en sus alas, canta Luis Alberto Spinetta. Se desprende el
agua de mis ojos por la muerte de Neptuno —¡qué oportuno
resulta su nombre ahora!— como de las alas de aquel
animal emplumado. Se rompió el pocillo que Neptuno botó
y con esos pedazos de porcelana reconstruyo un objeto que
agarre el silencio que permanece.

cortar cuerdas

mi mamá tenía catorce años el día en que mi abuela empezó
a vomitar sangre. El diagnóstico que le dieron en el hospital
fue que siete úlceras reventaron en su estómago. Una
úlcera se forma cuando las células se inflaman, mueren y se
desechan.

El doctor le diría a mi familia que la única forma que
tuvieron de parar el caudal de sangre que se derramaba
por la boca de mi abuela fue cortar los nervios vagos. El
procedimiento realizado se llama vagotomía supraselectiva.

nervioso era el sistema

desde el cerebro hasta el sistema digestivo: ese es el
camino que recorre el nervio vago. Éste controla la forma
en que la comida recorre el cuerpo. Influye también en la
regulación de hormonas como la oxitocina, la serotonina, las
endorfinas. Es el nervio más largo y transporta información
en ambas direcciones: lo que ocurre en el estómago, el ano
o en los pulmones va por este nervio al cerebro y este puede
enviar información a partes del cuerpo como el hígado, los
riñones y el corazón.

espejo o pluma

los rizos de mi abuela cuando era joven la hacían parecerse
a Shirley Temple. Sus canciones favoritas eran *Mira que eres
linda* de Antonio Machín y *Solamente una vez* de Agustín
Lara. Los halagos que recibía eran diversos y constantes. Las
personas a su alrededor remarcaban la forma de sus piernas,
su generosidad desmedida, su actitud brillante y gentil, sus
aportes como voluntaria al hospital San Pedro Claver y sus
habilidades como cocinera o buena anfitriona de eventos
sociales. Yo la recuerdo tarareando sigilosa mientras se
movía por la casa poniendo los objetos en orden. La que me
miraba y decía: llegó la reina mora, que cuando canta, llora.

Nadie nunca se preguntó qué pensamientos envió su
cerebro de manera inadvertida a su estómago para ocasionar
aquella explosión gástrica.

sana que sana

el cuerpo archiva recuerdos, heridas, olvidos y silencio.
Sensaciones e imágenes se almacenan. Las cicatrices y
marcas que se asoman con el tiempo van abriendo camino y
simultáneamente dejan un rastro.

espacio vacío

la belleza también es una daga al corazón: a veces el daño o fractura resulta placentero. El cisne puede ser un verbo. En ocasiones, desvío. También, metáfora.

infancia

mi abuela Inés, Inesita, me llevaba a clases de ballet cuando
tenía cinco años. La academia quedaba a unas cuadras de
su casa. En las mañanas de las vacaciones escolares me
inmiscuía en su cama y le pedía que me contara la historia
de su vida. Como si hubiera una única versión, un relato
oficial. Por las tardes la acompañaba a hacer diligencias
y nos devolvíamos cargando bolsas con mogollas y *pie* de
manzana adentro.

Su historia, ahora borrosa, retumba como lo hacía yo en
el salón empapelado con espejos, aprendiendo a girar,
aprendiendo la primera posición, el *demiplié* y la importancia
de mirar a un punto fijo a la hora de girar para no caerse.

otras palabras

maula: perezosa, inepta, cosa de poco valor.
maula: así se refería mi abuela a mi madre con regularidad.

espeleología

por las cuevas hasta el fondo de la memoria. Miro al pasado para ser testigo de cómo éste se modifica. Me vuelvo depositaria de los restos de historias y silencios que no me pertenecen.

Sostengo los recuerdos como si de piedras se trataran: los desempolvo y acaricio para que cobren otra vida.

miércoles

¿qué diferencia existe entre los cisnes y sus primos
cercanos? Los gansos, los patos.

Los cisnes, especie de la familia Anatidae, tienen cuellos
más estirados, como sus alas, mucho más protuberantes.
Sus patas son negras. Las únicas que logro ver, al menos
por esta velada, son la de unos patos en un estanque. Patas
anaranjadas, aves acuáticas en los últimos coletazos de un
invierno.

La forma en cómo nadan los patos: Un movimiento
vertical, punzante entre el agua hacia el fondo. Ese empuje
secuencial, en el que me detengo absorta, simula una textura
elástica en sus patas. No en vano, patitos de hule, pienso.
Continúo mi inspección. Su nado genera dos fugas de líneas
irregulares que parten de ellos, de su rabo, y dejan, como
rastro de su agite subrepticio, un triángulo equilátero. Si
los patos se dirigen a ti, tienes suerte de que ese tejido que
se va perdiendo en el lago café, parezca una perspectiva
renacentista. Picos negros, picos amarillos, absorbo al
mirarlos la variedad de texturas de sus cuerpos, patas
maleables, la sinuosidad de las plumas que se desprenden
sin aparente dolor, la dureza de los picos. Plumas como

placas tectónicas, cubriendo el núcleo de órganos y carne
que funcionan de manera automática mientras ellos se
deslizan entre el agua.

Dos patos empiezan a chapotear hundiendo el vagón
superior de su cuerpo, ¿buscarán comida, tendrán delirio
de avestruz? ¿Desde qué momento de la historia los
habrán empezado a encontrar graciosos? (ejemplos: el Pato
Donald y sus múltiples variaciones, ganso borracho de los
aristogatos.)

Vuelan, nadan, caminan. Las membranas y las garras de sus
patas les permiten moverse con toda facilidad por tierra,
agua y viento. Recuerdo las clases de baile y los ejercicios
propuestos donde teníamos que ocupar solo uno de los
tres niveles espaciales. El primero está cerca del piso, como
los cuadrúpedos, acariciando el cemento con el cuerpo.
La segunda fracción es la parte media, que sería caminar
encorvado, dándole énfasis a no moverse por encima de la
cintura y la última parte es el nivel espacial alto que implica
girar sobre sí, en relevé o puntas de pie y sobre todo, bailar
entre saltos. Aspirar a volar.

Carnaval, danza, rito, animalidad. Ponerse un disfraz no
equivale a tener máscaras regadas por el cuerpo.

su lago

estructurado en cuatro actos, inspirado en un cuento
alemán llamado *El velo robado* y en un cuento popular ruso
llamado *El pato blanco*, Tchaikovsky, en este ballet op. 20,
titulado *El lago de los cisnes*, habla sobre el malvado brujo
Rothbart que convierte a la princesa Odette en un cisne.
Ella sólo puede recuperar su forma humana en la noche,
momento en el que conoce al príncipe Siegfried. Antes
de continuar el relato, o mejor aún, pensando si vale la
pena continuarlo, quiero remarcar la palabra variación y
apariencia. Historias que se parecen pero varían, personas
que aparentan ser otras. Odile, la hija de Rothbart,
disfrazada de Odette, para poder así conquistar el reino de
Siegfried.

Me pregunto si, lo que de alguna forma intentó Proust, fue
hacer su propia coreografía de esta historia.

mi lago

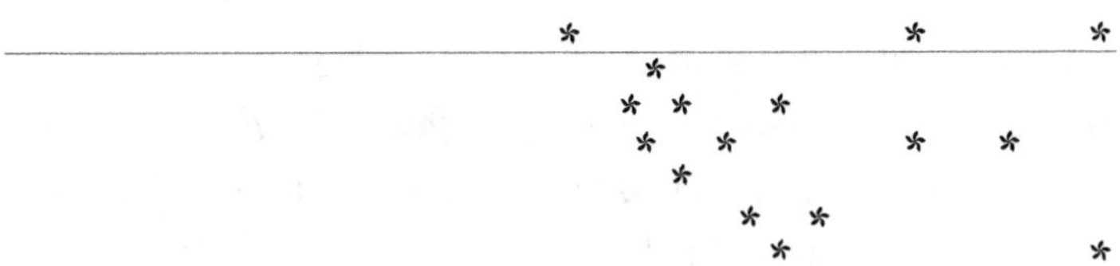

(así se veían los patos en mi lago.)

constelación

el primer hoyo negro fue descubierto en la galaxia Cygnus, es decir, la galaxia de los cisnes (*the gateway to afterlife*). Cuando Orfeo murió, lo volvieron cisne en las estrellas y pusieron su lira junto a él.

el noticiero

doce de julio en la tarde, veo la siguiente noticia en el televisor de mi abuela: «Una familia de cisnes paró el tráfico». Saco un vídeo de la pantalla LED donde se ven dos cisnes adultos caminando en fila, con seis pequeños cisnes detrás, siguiendo su paso. Caminan por la cebra de la calle, los carros, aguardan.

Esa fue la penúltima vez que visité a mi abuela. No sé cuándo fue la última vez que ella, de manera consciente, me vio a mí. Entre la hidromorfona que le apaciguaba el dolor y los ajetreos que en algún momento fueron gestos de la rutina diaria —a saber: comer, caminar de la cama al baño, orinar—, el cáncer que invadía su recto le impedía la vida misma. Escribo esto y, como en una sesión de espiritismo, me viene el olor de su casa, su olor. Una mezcla de talco, elegancia y algún perfume Chanel diluido en un clóset lleno de humedad.

desentierro

los hoyos negros destellan tanto en el cielo como en las historias familiares.

patito feo

mi padre habla poco de su núcleo familiar primario. «Ni
para coger impulso», dice seguido, refiriéndose al pasado.
Cuando iba a visitar a mis abuelos paternos mi abuelo me
apartaba e intentaba, cada vez con mayor precariedad de
lenguaje, con un tartamudeo que impedía seguirle el hilo,
contarme de dónde venía él y la historia de su apellido. La
pérdida de su lenguaje y sus saltos de tiempo al narrar eran
auspiciados por la demencia senil que afectaba su mente.

Con sus palabras armo datos: Recibió su nombre en honor
a un vicepresidente y perdió a su padre en la Guerra de
los Mil Días. Fue criado por un medio hermano que murió
cuando tenía veintiún años. Constantemente me hablaba
de su primer trabajo, él utilizaba términos como escolta o
agente especial. Le daban pistola, sí. Afirmaba que nunca
mató a nadie. «Es un pájaro», contaba mi hermano abriendo
los ojos con énfasis. Lo oía mientras observaba el tejado y
las fotos familiares pegadas en el espejo, buscando imágenes
del pasado para ubicar el origen del daño.

cisne negro

confundí a mi abuelo. Sus manos inseguras también podían
ser salvajes y ariscas. También le pegaba a mi papá cuando
lo mandaban a comprar huevos y llegaban rotos.

duelo

los animales, en efecto, en este texto, han ido
desapareciendo.

paratexto

escribo un texto que dialoga con el paso del tiempo
(perdido), con personas cuyo cuerpo se desvaneció, con
símbolos cuyo significado se altera.

The Violencia

pintura del artista colombiano Alejandro Obregón hecha en 1962 donde logra evocar a la naturaleza como cuerpo femenino. Se ve una silueta que podría ser una montaña, sinuosa, pero es un cadáver de una mujer, al parecer embarazada. Hace alusión a la violencia del país.

En los años de La Violencia, emerge el grupo ilegal armado «Pájaros», con afinidad al partido conservador y la iglesia católica. Su misión era anular todo tipo de acción que fuera en contra de la ideología política del gobierno conservador, presidido en esa época por Laureano Gómez. Los pájaros operaban principalmente en el Valle del Cauca y en el Eje Cafetero.

ojalá que llueva café

con su trabajo como agente especial, mi abuelo fue trasladado de Bogotá a Manizales, capital del departamento de Caldas, que hace parte a su vez, del eje cafetero. Ahí, en Manizales, conocería a su esposa Natalia, mi abuela paterna. Se casarían y volverían a Bogotá, para formar una familia.

anexo ¿semiótico?

etimología
El término «pájaros vuelan» se le daba a los sicarios por su comportamiento furtivo, cuando asesinaban y huían rápidamente o «volando en agua».

pivot

siempre que mi abuelo intentaba dar un discurso en las reuniones familiares, lloraba.

En los setentas, Miguel, que trabajaba en una empresa de construcción, renunciaría a su trabajo y se dedicaría a la comunidad llamada El Camino, a predicar el llamado de dios en distintos lugares del país como Tunja y Neiva. En muchos de los diplomas de una casa que dentro de poco será inexistente, yo veía que los apellidos de mi familia eran escritos «rozzo» o «rosso». Nunca llegó a legalizar ese cambio, quizás porque no decidió qué forma prefería darle a su nombre.

Mi padre tuvo algunos diplomas escolares con su apellido escrito en algunas de esas variaciones. En su cédula, sin embargo, figura: erre o zeta o. Su nombre es igual al artista que en el 2003 titularía a su álbum musical «Para los árboles» y que contendría una canción con el nombre de un ave, de esa ave que era mi abuelo. Como en «El patito feo», confundieron a un ganso con un cisne.

Esta es la primera parte de su carta de renuncia:

Bogotá, D.E., Junio 18 de 1987

Señor Don

FERNANDO RESTREPO

Gerente General

E.   S.   O.

Apreciado Señor :

Con todo respeto y por medio de la presente, comunico a usted mi decisión irrevocable de retirarme de la empresa en buena hora puesta bajo su dirección.

La fecha de efectividad de esta renuncia es la del 23 de Julio de 1987, fecha en que se vence el periodo de vacaciones que salgo a disfrutar desde el 23 del mes en curso.

En carta personal adjunta expongo los motivos de esta renuncia.

Del señor Restrepo con todo respeto.

MIGUEL A. ROZZO C.

Empleado No. 7267

cc. Dr. A.Moncaleano-Of.

    E.Orjuela- Of.

Anexo: Lo anunciado

falsa genealogía

mi apellido escrito con dos eses significa rojo en italiano.
mi apellido escrito con dos zetas significa crudo o bruto en
italiano.

de esos desvíos, —*in the ways in which he swanned*, podríamos
decir— rescato el interés de mi abuelo en reescribir no
sólo su apellido, sino su identidad. Expiación de culpas o
anamnesis eucarística.

cerca al solsticio

Esta es la segunda parte. Transcrita por mí.

Junio 18 de 1987

Don Fernando:

Tomar la decisión de retirarse de una institución a la cual se ha estado vinculado por espacio de veinticuatro años, y en la que se ha tenido una trayectoria de progreso hasta llegar a la gerencia Nacional de Compras y estar disfrutando de la estabilidad y comodidad que esto comporta, no es fácil ni humanamente explicable.

Es preciso que en la vida del protagonista de este evento, se haya dado un acontecimiento que lo lleve a proceder así; evidentemente este acontecimiento se ha dado en mi vida y consiste en saber que Dios, El padre de Jesucristo, me ama en mi realidad de hombre casado, padre de familia, trabajador, etc. es decir en la realidad de un hombre común y corriente. Esta noticia que recibí hace diez y seis años, ha ido transformando mi vida dando un sentido nuevo y lo más maravilloso, sin cambiar mi realidad, el ámbito familiar, social y de trabajo sigue siendo el mismo solo que se viven en una dimensión diferente.

Conocer, experimentar esta realidad y simultáneamente conocer y saber de la realidad de caos, guerras, odios, violencias, injusticias que conmocionan al mundo, victimando al hombre, debe generar una respuesta; no hay derecho para ocultarle a la humanidad que existe una posibilidad, una salida, que hay esperanza porque en Jesucristo, es posible vivir de estas palabras que El pronunció como una promesa. «Amad a vuestros enemigos, bendecir a los que os persiguen, rogad por los que os hacen mal. . .»

Considero que ser testigo de esto es motivo de más que suficiente para renunciar a lo que me brinda Gecolsa e ir a llevar este mensaje de Paz y de esperanza, sabiendo que «dar todos los bienes de mi casa por el amor de Dios sería despreciarlo».

Don Fernando:

Tomar la decisión de retirarse de
una institución a la cual se ha
estado vinculado por espacio de
veinticuatro años, y en la que se ha
tenido una trayectoria de progreso
hasta llegar a la gerencia Nacional
de Compras y estar disfrutando de la
estabilidad y comodidad que esto comporta,
no es fácil ni humanamente
explicable.

Es preciso que en la vida del
protagonista de este evento, se
haya dado un acontecimiento que lo
lleve a proceder así; evidente—
—mente este acontecimiento se ha
dado en mi vida y consiste en
saber que Dios, El padre de
Jesucristo, me ama en mi
realidad de hombre casado,

padre de familia, trabajador, etc. es decir en la realidad de un hombre común y corriente. Esta noticia que recibí hace diez y seis años, ha ido transformando mi vida dándo un sentido nuevo y lo más maravilloso, sin cambiar mi realidad, el ámbito familiar, social y de trabajo sigue siendo el mismo solo que se viven en una dimensión diferente.

Conocer, experimentar esta realidad y simultáneamente conocer y saber de la realidad de caos, guerras, odios, violencias, injusticias que conmocionan all mundo, victimando al hombre, debe generar una respuesta; no hay derecho para ocultarle a la humanidad que existe una posibilidad, una salida, que hay esperanza.

Porque en Jesucristo, es posible
vivir de estas palabras que EL
pronunció como una promesa.

"Amad a vuestro enemigos, bendecir
a los que os persiguen, rogad por los
que os hacen mal..."

Considero que ser testigo de esto
es motivo de más que suficiente para
renunciar a lo que me brinda
Geedra e ir a llevar este
mensaje de Paz, y de esperanza,
sabiendo que "dar todos los
bienes de mi casa por el amor
de Dios sería despreciarlo."

cálculos y oráculos

por el camino del cisne crudo y rojo.

por el camino, el cisne crudo y rojo.

por el camino crudo y rojo del cisne.

pas de deux, acto III

la escena más difícil del lago de los cisnes. El clímax
también. Veinticuatro giros seguidos, sin descanso. La parte
más difícil, suele ser la anticipación del final.

soles mortales

Miguel murió de un paro respiratorio dos días después de mi cumpleaños. Inés murió minutos antes del cumpleaños de mi hermano. De hecho, desde la ciudad donde vivo ahora, murió el día de su cumpleaños. No estuve presente en ninguna de sus muertes. Tampoco en la muerte de Neptuno. La distancia con el ser querido hace más palpable su presencia, su sombra ausente.

recuerdo

(tuve cisnes. Blancos y negros. Negros y Blancos. Casi
se reflejaron entre sí. Perdieron su forma original hasta
diluirse en eco.)

una coreografía

habrá canto

                desde el goce y desde el duelo.

habrá alguien que arrastre la carroza.

contenedor de lo bello y lo arisco

                    rasguño y herida.

     polaridad andante.

habrá canto

de aquel que impulse la escritura,

    el movimiento, el goce

             y tuerza el cuello

acto final

nunca sabré cómo cantaron Inés y Miguel.

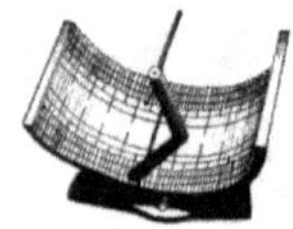

JULIANA ROZO SÁNCHEZ Nació en Bogotá, Colombia. Estudió Historia del Arte en la Universidad de Los Andes. Ha trabajado en distintos ámbitos del sector cinematográfico, la educación y las artes visuales. Actualmente vive en Nueva York.

LINA MERUANE ha sido honrada como Distinguished Writer in Residence del MFA en Escritura Creativa en Español de la Universidad de Nueva York. Su obra literaria abarca sobre veinte títulos e incluye dos colecciones de cuentos, cinco novelas y varios ensayos sobre feminismo, enfermedad y discapacidad, así como sobre la cuestión palestina.

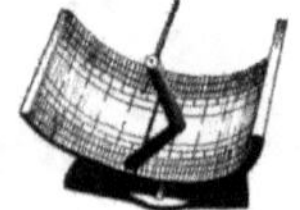

GPSR Authorized Representative: Easy Access System Europe, Mustamäe tee
50, 10621 Tallinn, Estonia, gpsr.requests@easproject.com